www.ingramcontent.com/pod-product-compliance
Lightning Source LLC
Chambersburg PA
CBHW062230150726
47991CB00006B/2516